AF410899

LE MÉPRIS SAUVEUR

SCALA DEI — CONSOMPTION

Frédéric LEFÈVRE

LE MÉPRIS SAUVEUR
SCALA DEI
CONSOMPTION

ESSAIS

" LA CONNAISSANCE '
9, GALERIE DE LA MADELEINE, 9
PARIS-VIII

Faber suæ "*Menthe Sauvage*".

*Ut in stellam vagus, ut in mentam
sitiens, ego, in te, o lux et refrigerium
cordisque pars maxima mei, quem li-
brum mente et anima scripsi,*

Hunc gratissimus dico.

LE MÉPRIS SAUVEUR

LE
MÉPRIS SAUVEUR

*Sur ma route, il y a les ruines de tout
ce qu. j'avais construit, j'ai tout mis bas
mauvais maçon, églises, palais et mai-
sons, mais je n'en ai remords ni honte
devant la route et l'horizon, il y a de
plus purs espaces et des forêts et des car-
rières, et j'ai gardé ma force entière
pour de plus belles cathédrales.*

Justin-Frantz SIMON.

*_**

*Du véritable poème en prose émane,
fumet très rare que respirent amoureu-
sement quelques délicats, une pitié un peu
narquoise pour ceux qui ne le compren-
dront jamais.*

*Le poème en prose est, avant tout,
une attitude religieuse.*

F. L.

ÈS ses premières paroles, elle l'arrêta, dans un ressaut de tout son être qui, plus qu'une révolte contre les banalités qu'il allait exprimer, était un appel de silencieuse ardeur aux autres choses qu'il pouvait et devait dire.

Il comprit si vite qu'il ne se vexa point de n'avoir pas compris... sans elle.

Ils n'avaient pas à faire connaissance puisqu'ils se reconnaissaient.

... Quelques secondes accordées à la douce joie intérieure de la belle et rare rencontre, puis aussitôt ils reprirent la conversation vraisemblablement au point même où ils l'avaient laissée dans leur précédente vie.

Leur identité spirituelle était si foncière qu'ils ne s'en aperçurent vraiment qu'après s'être quittés.

Je crois qu'ils parlèrent, ce jour-là, de la valeur éducative du mépris et, à cette occasion, l'âme qui ne connaissait pas son nom, osa de très beaux chants.

Et cette alternance harmonieuse du chant de la Vierge et de la dialectique passionnée du jeune philosophe composait un ensemble qu'ils n'avaient pas cherché, mais qui les ravissait jusqu'aux silences où on avoue tout.

Partout alentour, embaumaient les marronniers de mai qui fleuriraient tantôt...

Quelques-uns l'étaient qui éclairaient, illuminaient la scène de leurs mille lumières blanches qui montaient, faisceau odorant, pour ne plus former toutes ensemble, ramassées et ascendantes, qu'une grande lumière à la fois flamboyante et pacificatrice.

Et tout au long de l'initial entretien, cette lumière répandit sa clarté, ce parfum voltigea sur leurs lèvres et les douces fleurs des marronniers leur furent une leçon et une récompense.

Dans la Vie, pour ne pas déchoir, je vous assure, disait-il, qu'il faut beaucoup d'orgueil et un grand mépris intérieur, un mépris assez grand pour ne pas avoir à se manifester, car le véritable mépris doit être intérieur, éviter gestes et paroles.

Son extériorisation fréquente n'est qu'un signe de sa faiblesse. L'âme la plus riche est la plus recueillie. Ce n'est que dans des cas tout à fait exceptionnels que des étrangers peuvent nous apporter le bonheur.

Si nous avons le sens de notre direction intérieure, de l'élan vital, nous trouverons le bonheur ; il nous faut être des âmes de bonne volonté.

Tous les chemins mènent à Rome, dit le Proverbe, et moi je vous dis toutes les routes mènent à l'Unité bienheureuse et toutes les religions à Dieu et toutes les esthétiques au Génie, mais il ne faut jamais s'arrêter et ne bifurquer jamais...

Bifur ! Bifur ! tu es la mort des hommes, des âmes et des œuvres... Bifur ! tu nous tends la distraction de la parole, plaque prometteuse de sites enchanteurs et la parole nous essouffle : le courage manque de monter encore et les chemins de traverse ouvrent leurs alliciants ombrages.

*
* *

Le mépris doit s'enrichir au moins d'une ou deux exceptions, car le mépris n'est qu'une valeur de second plan, le mépris n'est pas nourrissant pour notre activité créatrice ; le mépris serait plutôt desséchant si nous n'avions les rafraîchissantes oasis de quelque jardin secret, un grand Amour, ou une belle Amitié.

> Grand Amour, belle Amitié,
> Petite Ame, viendrez-vous,
> Viendrez-vous, m'amie
> Au Jardin Secret.

Grand Amour, Belle Amitié, vous êtes les deux plus belles récompenses humaines... Rarement décernées, plus rarement conservées parce que plus rarement encore gagnées.

*
* *

Le vulgaire confond souvent le mépris avec des sentiments ou attitudes qui n'en ont que l'apparence : indifférence, nonchalance, passivité.

Le mépris — surtout s'il ne se mani-

feste pas — est au contraire, essentiellement, une vertu active.

L'absence de réaction ne s'appelle
plus faiblesse mais force, lorsqu'on
évite de la produire, parce qu'en toute
sagesse on a prévu qu'elle serait ino-
pérante.

L'action véritable consiste parfois
à s'abstenir de gestes vains.

L'action véritable présuppose le
choix.

Ce qui constitue en grande partie
l'élégance innée, le charme un peu
vert auquel tous sont sensibles du
gavroche parisien, c'est son esprit,
assaisonné toujours d'une ironie cin-
glante qui n'est pas foncièrement mé-
chante, mais qui dissimule mal le
mépris et voile ses profonds sentiments.

Le mépris du gamin parisien de-
vient parfois le véritable mépris sauveur, le mépris silencieux chez l'ouvrier
parisien sérieux, le plus souvent chez
l'ouvrier d'art, mais j'ai connu un
simple colleur de papier, universel-
lement estimé dans le bâtiment sous
le surnom de Farine, qui est le plus

bel exemple de mépris silencieux souriant et amusé.

Son attitude causa l'un des grands émerveillements moraux de ma vie. Après vingt-cinq années de mariage, sa femme n'avait pas encore pénétré toute la richesse de son tempérament. — Farine gardait jalousement son ardente sérénité : la devinait qui voulait, qui s'en rendait digne, mais il était si sage qu'il évitait de s'en targuer.

* * *

Cette attitude de mépris persiste toujours à l'état latent : elle limite la curiosité qui, trop poussée, ralentirait l'élan vital.

Quand un homme se trouve dans cet état bienheureux, la curiosité s'exerce juste assez pour justifier et alimenter le mépris.

Elle atteint d'ailleurs ce but sans le poursuivre. Ce qui serait une faute, une contradiction interne. Elle rencontrerait plus volontiers des occasions d'admirer.

Chez les âmes basses, le mépris qui

s'extériorise est une forme de l'envie,
tandis que le véritable mépris, le mépris silencieux est une attitude d'orgueil, une manifestation de la conscience de sa valeur.

Le mépris est essentiellement clair-
voyant. Le mépris qu'un imbécile
inflige à des hommes supérieurs re-
tombe sur lui sous forme de ridicule.

Le mépris est un choix continuel
qui se manifeste... et ce choix demeure
limitation, mais comme il est clair-
voyant, judicieux et juste, il n'est
limitation que pour un plus grand
accroissement.

L'homme choisit parce que ses
jours sont comptés et qu'il ne peut
tout utiliser... Un choix qui ne serait
pas fécond ne devrait pas être consi-
déré comme une manifestation de
mépris.

Obligation de notre condition humaine, le mépris s'exerce pour se
détruire.

Un jour, à notre âme divinisée, tout
se fera aliment... Dieu n'a plus à mépriser ; rien ne lui est utile puisque
rien ne peut lui nuire... il est l'har-

monie des contraïres et la réciproque compénétration de toutes choses.

*
* *

Ce soir-là, vous vous souvenez, Madame, puisque votre âme souffrit... de la muraille, le jeune Poète, altier et sauvage, le jeune poète se cabra dans son intellectualité raisonneuse, nous cinglant d'un : « Alors, vous voulez vous perdre en Dieu, vous abîmer dans son infini... »

Nous n'avons pas répondu ; votre souffrance se fit seulement plus prière pour lui devenir secours, mais je sens bien aujourd'hui qu'il fallait clamer alors oui, un oui d'orgueil et de déli-vrance qui l'eût libéré, peut-être, des « catégories anciennes ».

Nous tendons à Dieu d'une ferveur obstinée, de tout le mépris amer de nos imperfections d'aujourd'hui.... nous tendons à Dieu parce que nous voulons l'être demain...

« Tu ne te mépriserais pas si tu ne m'avais déjà trouvé. »

*
* *

Malgré sa Trinité, Dieu est un, tandis que le nom de Satan demeure « Légion » ; aussi le silence, qui est le plus bel effort vers la Divinité, notre Divinité, est un et la parole qui disperse est légion.

Il est des êtres dont l'apparence corporelle est distincte de la nôtre, qui ne sont pas des interlocuteurs, moins encore des contradicteurs... ce sont les très rares qui peuvent se taire avec nous et enrichir notre silence de leur silence.

J'aime les silences fraternels et les choses qui me font silencieux. Il est des chants silencieux et des parfums et des spectacles...

Les marronniers d'en face, qui ont fleuri ce matin, m'émeuvent en cette douce après-midi de mai, jusqu'au bienfaisant silence, et ils font taire en moi les discordantes voix intérieures qui me troublaient depuis hier...

Qui dira le mystère de « la parole intérieure » et ses oppositions, parfois, au silence nécessaire...

Pourquoi si souvent hurlent-elles dans nos âmes mêmes les légions qu'il nous faut mépriser ?... Et de quel mépris les museler ?

Où l'homme pourra-t-il fuir son propre tumulte, et comment s'évadera-t-il de sa bruyante « multiplicité »...

Sur quelles grèves trouverai-je les pourceaux qui accueilleront mes légions démoniaques ?...

Ce sont les blanches fleurs des marronniers qui répondent... Quand tu n'auras plus de désir, tu sauras combler tes désirs... et quand tu n'auras plus de passions, tu vivras sans trouble toutes les passions...

Pour tendre ta volonté, ignore seulement que tu as une volonté et ne lui fixe pas de buts à atteindre...

Et si mes paroles t'épouvantent, oublie-les et reprends le vieil Evangile.

Il ne faut jamais chercher à comprendre, mais, au contraire, s'en aller quand on commence à comprendre...

Si vous pouviez entendre mes paroles, c'est qu'elles seraient inopportunes et que vous étiez mûrs pour en écouter de plus dures...

Il est vrai qu'on se trompe quelquefois... mais il demeure toujours d'une grande noblesse le discours qu'on tient aux compagnons de son silence...

Quand aurons-nous le droit de ne plus mépriser ?

Le mépris est un accident, et lorsque l'essence individuelle s'est noyée dans la divine impersonnalité, tous ces accidents disparaissent...

Le mépris est encore un aspect du désir, puisque quelque chose ne peut nous peiner que si nous le considérons en pensant à autre chose où vont nos préférences ; or, le bonheur est d'être en ce monde comme si on n'y était pas, détaché des autres et de soi-même, je veux dire détaché en soi et dans les autres, des choses périssables et individuelles.

Le mépris n'est qu'un moyen de sauver notre temps, notre travail, notre vie intérieure, un moyen de nous sauver.

Le mépris est un effort défensif : ses armes, la solitude, le silence. Le véritable mépris doit en arriver à guider nos choix inconsciemment et sans fatigue.

C'est notre propre évolution qui conditionne notre mépris et non l'évolution des autres, et ce n'est pas l'imperfection des autres qui nous oblige à les mépriser, c'est la nécessité où nous sommes, n'étant point nous-mêmes parfaits, de le devenir et de nous armer du mépris pour aider le silence à naître, le silence où mûrit notre devenir.

Quand aurons-nous le droit de ne plus mépriser ?

Quand aurons-nous le droit de ne plus nous mépriser ?

* *

Le mépris préside à la naissance du silence ; le silence favorise le mépris ; le silence deviendra un jour si actif qu'il tuera le mépris.

Quand verrons-nous, dans nos âmes libérées, la mort de tous les mépris ?

Lorsque toutes les âmes nous apparaîtront sans voiles et fraternelles, notre âme fraternelle sera un foyer très pur, très lumineux, un foyer qui fera l'Unité...

L'Unité sans négation.

Le jeune philosophe pensa qu'il devait s'arrêter : l'âme de la Vierge ne devait pas buter au Mystère dès le premier entretien...

Elle l'avait d'ailleurs suivi, joyeuse et sans essoufflement, un peu fiévreuse seulement, d'une belle fièvre de conquête qui saurait ne pas être impatiente...

Leurs mains s'étreignirent longuement ; il s'aperçut qu'elle l'avait longue et très belle, translucide presque, dématérialisée et tenant au bras par un poignet d'enfant...

Et il vénéra, dans son âme respectueuse des forces, cette apparente faiblesse qui lui disait tous les tourments passés, toutes les luttes affron-

tées, toute une belle légende d'asser-
vissement de la matière...

Cette main-là lui fut de la lumière...

*　*
*

Mystère et complexité de l'âme
humaine, je vous ai chanté la nécessité du mépris avec tant d'insistance
que je termine en souhaitant la mort
du mépris...

Quand clamerons-nous son *De Profundis* ?

Belles fleurs des marronniers, qui
faites à la Vierge à travers les Allées
en allée un cortège d'encens, belles
fleurs blanches qui si vite serez fanées
et qui n'y songez pas, vite, répondez-
moi.

Et les blanches fleurs des marronniers, toutes les blanches fleurs,
celles que le matin avait vues éclore
comme un merci à sa venue et celles
qui avaient fleuri durant l'entretien,
ponctuant les silences, toutes, d'une
seule voix,

Ont dit au jeune philosophe
Qui l'a répété
A la Vierge en allée

Nous ignorons tous les *De Profundis.*

Nous sommes le *Te Deum* Eternel...

Et dans son oratoire secret, la Vierge déjà rentrée murmura défaillante :

Amen !

Mai 1919.

SCALA DEI

SCALA DEI

ET ce fut du jeune précurseur la première et très précieuse parabole :

« Des gens viendront, à l'intelligence obtuse et au regard myope, qui professeront, d'un ton doctoral, que l'homme naît de la femme, dans la douleur, après avoir été engendré dans la joie silencieuse ou bruyante. Et vous ne les écouterez pas.

Ils diront encore : « L'homme né de la femme vit peu de temps », et ils ne savent pas ce qu'est le temps ni le respect qui lui est dû.

Mais moi je suis venu au milieu de vous pour vous prier d'ouvrir tout grands vos yeux et de tenir tendues vos oreilles. Car l'heure est proche où va descendre dans votre enceinte celui qui a vécu tout son temps et touché Dieu.

— Vous saurez alors que le temps se confond avec le mouvement ; *notre mouvement*.

La cadence du temps n'est pas immuable ni son rythme uniforme... Le temps n'est que la transcription objective de notre enrichissement intellectuel et de notre perfectionnement spirituel.

C'est reconnaître que, dans une certaine mesure, le temps est discontinu ; qu'il a des arrêts brusques et des accélérations ardentes et fiévreuses : manifestation externe d'une réalité tellement subjective qu'elle se confond avec le sujet lui-même, le Temps n'échappe pas à la particularisation et diffère avec chaque personnalité.

Les minéraux ne connaissent pas le temps et Dieu l'ignorera toujours...

« *Je suis celui qui suis.* »

Dieu et le temps : deux antinomies absolues. Le Temps c'est le changement et la différence, c'est la constatation du changement... et aucun changement ne saurait être noté en Celui qui demeure l'Eternel Présent.

Mais le temps ne s'accommode guère que du bonheur : c'est par la Félicité que le Temps se révèle ; et la Félicité ne consent à l'accompagner que lorsque le Temps enregistre un accroissement de vie.

La Mort, c'est l'arrêt du temps...

Et l'on ne peut mourir que lorsqu'on a commencé à vivre consciemment... Les petits enfants ne meurent presque pas.

Etre, c'est créer et vivre, c'est connaître, a dit Claudel, un de vos sages, et la connaissance est la lecture, à tout moment, de notre position dans l'ensemble.

Le Temps n'a vraiment que deux faces : le Passé et le Présent — « ce qui fait ce qui se fait ».

L'Avenir n'est pas une catégorie du Temps. L'Avenir est hors du Temps ; les possibles illimités ne sauraient être confondus avec le Temps, Notre Réalité.

Le passé n'est pas le passif — Rien n'est plus actif que le passé ; il est la seule réalité toujours présente puisqu'elle crée et détermine le Présent.

Claudel semble l'avoir entrevu :
« Le Passé, dit-il, est une incantation
de la chose à venir, la somme sans
cesse croissante des conditions du
Futur. Il détermine le sens et, sous
ce jour, il ne cesse pas d'exister ; pas
plus que les premiers mots de la
phrase quand l'œil atteint les der-
niers... Ce qui a été une fois ne perd
plus sa vertu opérante ; elle s'accroît
de l'apport de chaque seconde. La
minute présente diffère de toutes les
autres minutes en ce qu'elle n'est pas
la lisière de la même quantité de
passé ».

Mais Henri Bergson est allé le plus
avant dans la découverte de l'idée de
temps.

Déjà Kant avait dit : « Il est la
forme de notre sensibilité interne »,
Bergson approfondit et précise cette
indiscutable vérité. — Le temps est
la multiplicité successive et qualita-
tive de nos états de conscience.

Il a compris la Valeur et la Fonction
du passé. Dans une des premières pages
de l'Evolution Créatrice, nous lisons :
« ...Notre durée n'est pas un instant :

il n'y aurait alors jamais que du présent, pas de prolongement du passé
dans l'actuel, pas d'évolution, pas de
durée concrète. La durée est le pro-
grès continu du passé qui ronge l'avenir et qui gonfle en avançant... »

... Tout entier le passé nous suit à
tout instant : ce que nous avons senti,
pensé, voulu depuis notre première
enfance est là, penché sur le présent
qui va s'y joindre, pressant contre la
porte de la conscience qui voudrait
le laisser dehors. »

Le prophète reprit et sa conscience
des écrits de nos sages ne surprenait
pas médiocrement ses auditeurs : —

— « C'est surtout sur les précisions
qui suivaient que je me suis arrêté
avec joie ; si vous les avez comprises
— et quelques-uns se trouvaient peut-
être assez purs — vous n'êtes pas
éloignés d'être mûrs pour m'entendre :
« ... Notre passé nous reste présent.
Que sommes-nous en effet, qu'est-ce
que notre *caractère*, sinon la conden-
sation de l'histoire que nous avons
vécue, depuis notre naissance, avant
notre naissance même ; puisque nous

apportons avec nous *des dispositions prénatales* ? Sans doute nous ne pensons qu'avec une petite partie de notre passé, mais c'est avec notre passé tout entier, *y compris notre courbure d'âme originelle*, que nous désirons, voulons, agissons.

J'ai lu un jour, dans votre Claudel, continua en souriant le thaumaturge : « Je dis que tout l'univers n'est qu'une machine à marquer le temps », et je n'ai pu m'empêcher de griffonner en marge :

« C'est en toi seul, ô homme, qu'il est intéressant de regarder l'heure ! »

Mais voici venir l'heure de dépasser ces enseignements...

Quand les murs de la maison sont complètement édifiés, il est imprudent de trop tarder à la couronner de son toit : la pluie, le vent, et toutes autres intempéries endommageraient vite la construction, ruinant l'effort accompli...

Le tumulte des paradoxes, la pluie battante des doctrines anciennes, émiettera vite ce que l'élan conjugué de vos saints, de vos sages et de vos philo-sophes a conquis sur la marée sans cesse remontante de l'incertitude, des préjugés, de l'ignorance et de l'erreur, à moins que, confrontant avec le pro-blème des fins dernières votre juste notion de l'idée de temps, vous ne lui donniez sa solution religieuse.

Nous devons tous vivre notre temps : je veux dire nous réaliser ; mais il en est qui perdent leur temps, gâchent leur vie, laissent leur âme en jachère et leur intelligence à l'état embryon-naire.

— Leur purgatoire sera long : tant qu'ils ne seront pas des Dieux, ils seront des hommes ; tant qu'ils ne pourront pas entrer de plain-pied dans le Paradis, ils redescendront s'incarner sur la terre des Douleurs.

Et voilà pourquoi Jésus-Christ n'eut à souffrir qu'une seule incarnation, étant Dieu par droit de naissance et de toute éternité.

Et voilà pourquoi en chacun de nous Satan essaie d'élire domicile ; il ne peut jamais remonter au ciel : l'escalier se dérobe sous lui !

*
* *

En vérité, en vérité, je vous le dis, un escalier demeure toujours un escalier, même quand c'est au ciel qu'il donne accès. Un escalier a toujours plusieurs marches et, dans l'histoire de l'humanité, il n'est point fait mention d'âme qui ait parcouru en une seule existence les sept demeures du château de la Perfection.

L'escalier du ciel, c'est la terre, et la terre disparaîtra avec le dernier de ses habitants.

Quand les enfants en vacances à la ferme jouent à cache-cache, l'une de leur première cachette est le grenier à foin, mais quand ils y sont montés, si l'un d'eux se trouve assez fort, il retire l'échelle afin d'enlever à celui qui tout à l'heure se mettra à leur poursuite le moyen de les trouver.

Avec le dernier homme qui achèvera son ascension vers la divinité l'échelle disparaîtra, et, avec elle, s'évanouiront toutes apparences visibles.

La terre est un moyen qui disparaîtra quand nous aurons tous atteint nos fins dernières.

L'échelle est la ligne du temps : quand nous aurons rejoint le sein du Père et que nous serons comme des Dieux, nous serons hors du temps et le souvenir même nous manquera de ce qui aura été « notre réalité ».

Le temps est la plus belle des choses finies puisqu'elle nous achemine vers l'Infini.

Le véritable artiste, continua l'angélique orateur, en se tournant vers la gauche de la multitude où se trouvaient quelques hommes qui différaient des autres par une attitude plus recueillie de plus compréhensive sympathie et aussi par je ne sais quel charme inconnu, est un créateur et déjà un « Presque Dieu ».

On ne saurait devenir un grand

artiste avant d'avoir atteint les der-
niers échelons.

En même temps qu'une dernière
épreuve, la vocation artistique est
une récompense.

« Les artistes sont toujours dans
la lune, affirme le peuple. »

Etre dans la lune, n'est-ce pas déjà
être hors du temps ?

Dans la pire adversité, ils gardent
cette joie orgueilleuse de leurs mysté-
rieuses « euphories » et c'est cette
joie-là que ne leur pardonnera jamais
la médiocrité bourgeoise de ceux d'en
bas : elle ne comprend pas leur bonheur,
elle devine seulement qu'il doit être
si grand que sa jalousie ne pourra jamais s'y égaler et elle trépigne de rage
baveuse.

En vérité, en vérité, je vous le dis,
ne plaignez jamais les artistes, mais
inclinez-vous très bas quand ils pas-
sent, avec un religieux respect : « *Ils
portent déjà Dieu.* »

Et maintenant, acheva le jeune précurseur, et sa voix se fit pressante

comme une prière, attendrie comme
une caresse, douce comme un baiser
d'âme :

Que chacun veuille bien se retirer
dans sa demeure, ou plutôt, allez où
il vous plaira, dans vos jardins ou vos
forêts, dans vos bureaux ou vos bou-
doirs, mais où que vous soyez, con-
sentez à rentrer en vous-même car l'a
dit, il y a deux mille ans, le frère de
celui que je viens vous annoncer : « Le
Royaume de Dieu est au dedans de
vous ».

Au dedans de vous, dans le silence
vivant de vos âmes apaisées et actives,
vous jouirez comme dans une très
savoureuse anticipation, de cet état
bienheureux où, passé, présent et futur se mêlent pour engendrer, hors du
temps, le Paradis :

« Je suis celui qui suis. »

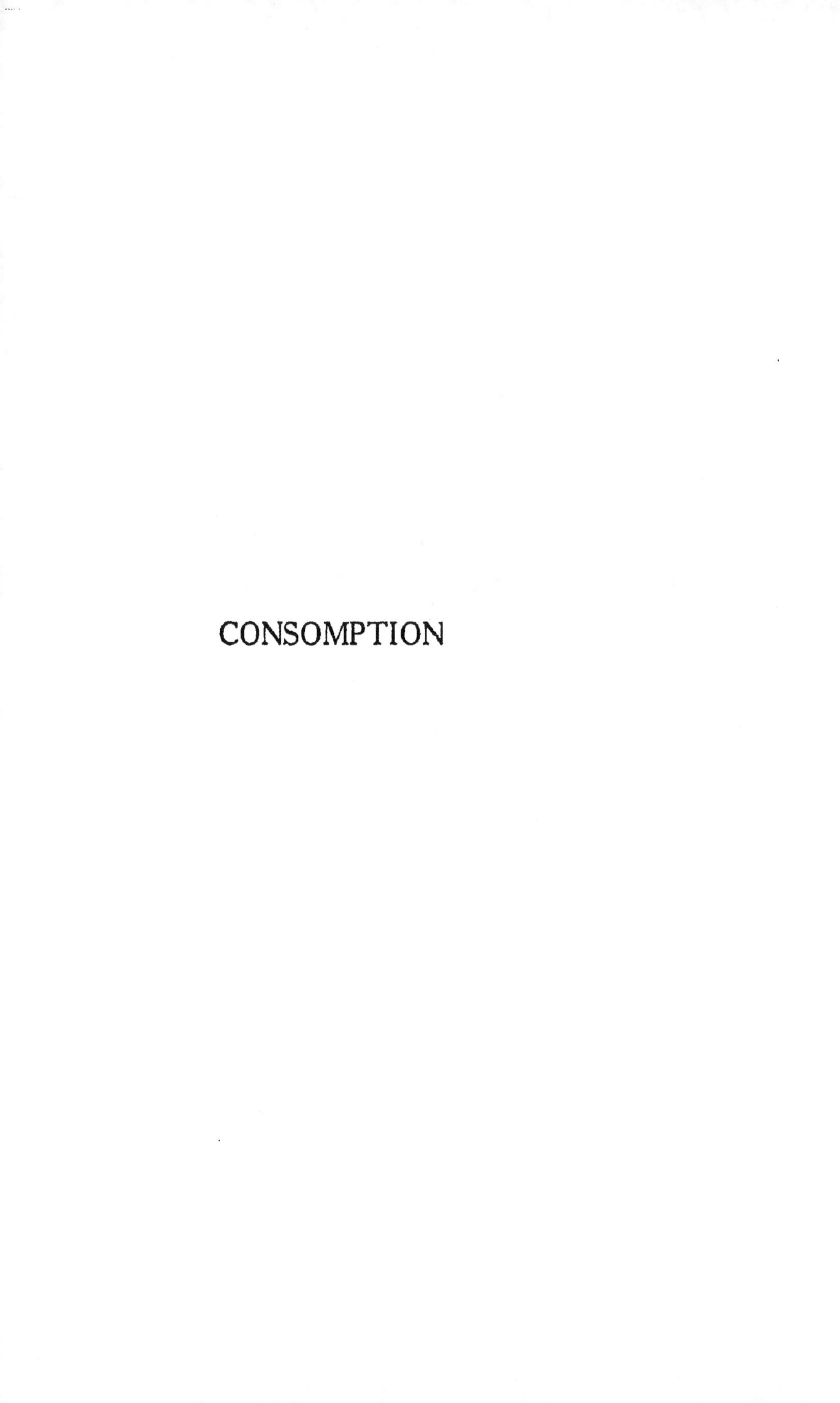

CONSOMPTION

CONSOMPTION

CONSOMPTION : *action de consumer, d'anéantir par degré la substance.*

Substance : *ce qui fait le fond de l'être ce qui reste permanent dans un être.*

« Petite Ame » lui révéla par sa vie toute l'étroitesse des définitions.

La consomption ravageait sa pauvre individualité physique mais ne mordait pas aux sources vives de son être.

Elle se *consumait* à maintenir et accroître le *permanent*.

Elle mourait parce qu'elle n'avait jamais cessé de vivre ; elle s'usait à se créer...

Aussi, depuis que je l'ai rencontrée, j'ai un grand mépris des apparences...

La consomption de « Petite Ame »

n'est qu'une tenture ; derrière ses plis, elle se prépare à une vie plus haute...

Elle ne s'anéantira pas dans la mort..

Par la mort, elle s'évade et se délivre...

Demain, elle va continuer son voyage avec des bagages moins encombrants...

Plaignez sans trop d'amertume « Petite Ame »... en proie à la consomption !

28 *Juillet* 1919.

FIN

Les trois essais de Frédéric Lefèvre *Le Mépris Sauveur*, *Scala Dei*, *Consomption*, ont été édités par " LA CONNAISSANCE ", galerie de la Madeleine, Paris–VIII, en décembre 1919, et imprimés par Le Hénaff, Saint-Étienne-en-Forez.

Le tirage sur velin d'Arches à la forme a été fixé à 300 exemplaires et justifié :

On se lasse de tout,

excepté de connaître ...